Actriz Dominante

Dominación y sumisión erótica

Erika Sanders

Actriz Dominante

Erika Sanders

Dominación y sumisión erótica

Sinopsis

El padre de Angie es el dueño de un viejo hotel.

Un gran estudio de Hollywood quiere filmar escenas para una película de terror en el hotel.

Angie conocerá a su actriz ídolo, Helga, que es una Domina lesbiana secreta...

Actriz Dominante es una novela de fuerte contenido erótico BDSM y, a su vez, una nueva novela perteneciente a la colección Dominación Erótica, una serie de novelas de alto contenido BDSM romántico y erótico.

(Todos los personajes tienen 18 años o más)

Nota sobre la autora:

Erika Sanders es una conocida escritora a nivel internacional, traducida a más de veinte idiomas, que firma sus escritos más eróticos, alejados de su prosa habitual, con su nombre de soltera.

Indice

ACTRIZ DOMINANTE
ERIKA SANDERS

CAPÍTULO I

El padre de Angie era dueño del viejo hotel.

Era algo pequeño. Solo 5 pisos. Había estado con su familia durante varias generaciones. El padre de Angie vivía allí mientras dirigía el lugar y Angie también creció allí.

Después de mudarse brevemente a la universidad, Angie había regresado al hotel mientras buscaba un trabajo propio. Siempre estaba feliz de ayudar a su padre y disfrutaba conocer gente nueva aquí. La otra ventaja era que podía vivir gratis en una bonita habitación.

Un día, Angie estaba aburrida sentada detrás del mostrador. Leyó un blog de moda en su teléfono para pasar el tiempo.

Eso cambió cuando su padre se acercó a ella con una sonrisa en su rostro.

"Tengo una sorpresa", dijo.

Ella lo miró con una expresión aburrida. "¿Más recados que hacer?"

"No seas sarcástica. Tengo grandes noticias y esperé a que se confirmaran las cosas antes de poder decírtelo. Un gran estudio de Hollywood quiere filmar escenas para una película aquí. Miraron nuestro hotel y decidieron estuvo bien."

Ella se quedó desconcertada. "Wow. ¿Cómo es que no sabía sobre esto?"

"El director vino hace unos meses a buscar locaciones cuando todavía estabas en la universidad. Va a ser una película de terror".

"¿Quién es el director?"

"Adivina. Es alguien que aparentemente es muy famoso".

Dejó su teléfono, interesándose. "Hmm... Bueno, he leído que se están desarrollando varias películas de terror. ¿Es Nolan o Fincher?"

"Alguien llamado Le Moreau. ¿Has oído hablar de él?"

Los ojos de Angie se agrandaron. "¿Dijiste Le Moreau?"

"Un tipo alto, un poco viejo, con bigote grueso. Habla con acento francés".

"¡Muy genial! Creo que es un director increíble. Uno de los mejores que jamás haya existido".

"Eso he oído", respondió. "De todos modos, acabo de recibir la confirmación. Estarán aquí el próximo mes para un rodaje de tres semanas. Muchos miembros del elenco y el equipo también se quedarán aquí durante ese tiempo. Estaremos muy ocupados".

"Excelente para los negocios. ¿Sabes quién lo protagoniza? ¿Alguien famoso?"

Él sonrió, "Una actriz poco conocida llamada Helga. ¿Te suena familiar?"

Los ojos de Angie se abrieron aún más. "Por favor, no bromees así. Lo digo en serio. Si esto es una broma, entonces no es gracioso".

"¿Bromearía sobre algo como esto?"

"¿Recuerdas cuando dijiste que me compraste un unicornio mágico?" recordó ella. "No podía dejar de llorar cuando descubrí que no era cierto".

"Angie, tenías 12 años. Eso fue hace diez años. ¿Todavía lo recuerdas?"

"Algunas cicatrices nunca sanan", dijo con una alegría para atormentar a su amado padre, de una manera que solo una hija puede hacer a propósito.

"Bueno, te estoy diciendo la verdad".

Alcanzó el teléfono en su bolsillo y lo buscó. Luego le mostró a Angie una foto, que era de él con Helga.

"Oh, Dios mío", jadeó ella. "¿Y Helga se quedará aquí?"

"Ella estará en el último piso. La habitación de lujo".

"¿Durante las tres semanas enteras?"

"Mientras filmen aquí", asintió. "Ese es el plan."

"¿Puedes disculparme mientras me desmayo?"

CAPITULO II

Helga era una auténtica estrella de cine. Comenzó como una sensación adolescente gracias a un popular programa de televisión.

Años más tarde, Helga hizo con éxito la transición para convertirse en una actriz creíble. Consiguió grandes papeles en películas. Se aventuró a alejarse de las comedias por las que era conocida y se centró en papeles dramáticos. No pasó mucho tiempo antes de que se convirtiera en un atractivo de taquilla y en un ícono de la moda.

Hubo algunos titulares desagradables sobre el comportamiento de diva de Helga y sus solicitudes extravagantes. Pero no era nada de lo que no pudiera recuperarse. Todo lo que necesitaba eran algunas apariciones en un programa de entrevistas nocturno y haría que la audiencia se enamorara de ella. Con su personalidad y su lindo rostro, nadie pudo resistirse.

Ella también era lesbiana.

Ese era su secreto celosamente guardado. Solo un pequeño grupo de personas lo sabía. El juego de Helga era hacer que sus fans femeninas cumplieran sus órdenes sexuales. Y ella nunca fallaba.

CAPÍTULO III

Era el primer día de rodaje en el hotel. Helga ya había filmado la escena de la llegada. Horas después, filmaron otra escena en la que Helga ingresa por primera vez a su habitación de hotel.

La sala utilizada para filmar fue remodelada por el equipo de filmación para darle un aspecto más rústico. Perfecto para una película de terror.

Mientras tanto, Angie observaba con asombro cómo trabajaba su ídolo. Fue un sueño hecho realidad ver a la gran Helga en acción. Desafortunadamente, debido a una disposición contractual, a nadie más que a los miembros del equipo se le permitía hablar con Helga o pedirle autógrafos. Una vez más, el comportamiento de diva de la actriz quedó en evidencia.

Después de filmar, Helga subió a su habitación de lujo en el último piso.

Angie permaneció deslumbrada mientras regresaba al vestíbulo. Todavía no podía creer que estaba viendo una película que se estaba haciendo. Era un proceso fascinante. Como ávida espectadora de películas, le encantaba.

Luego vio a su padre con una pila de toallas.

"¿Para qué son esas?" preguntó Angie, sabiendo ya la respuesta.

Dio una mirada vacilante. "Ya sabes."

"Crees que podría..."

"No, lo siento. Las reglas son las reglas. Los fanáticos no pueden hablar con ella. Ni siquiera contigo".

"Pero yo trabajo aquí", refutó ella.

"Tú también eres fanática. Ella no quiere que la molesten. Es por eso que estoy entregando esto personalmente".

Angie se levantó y bloqueó el ascensor. "Trabajé muy duro la semana pasada para acomodar a todo el equipo. Ayudé a organizar todas las habitaciones. Y cuando Helga apareció antes, no le dije ni una palabra".

"Estás haciendo esto muy difícil para mí".

Ella pestañeó. "Me portaré lo mejor posible. ¿Por favor?"

"Está bien, cariño", dijo de mala gana, entregándole las toallas. "Prométeme que no le pedirás un autógrafo ni la molestarás".

Ella tomó las toallas. "Ya tengo su autógrafo en el recibo que firmó antes".

Con eso, Angie alegremente se dio la vuelta y fue al ascensor. El botón para ir al quinto piso fue presionado a un ritmo rápido.

CAPÍTULO IV

Llamó a la puerta un par de veces antes de que obtuviera una respuesta. La puerta se abrió y allí estaba su ídolo. El cabello de la actriz aún estaba mojado por una ducha reciente.

Hubo incomodidad por un momento cuando Angie estaba cara a cara con su ídolo. Su boca se abrió un poco y se quedó sin habla.

"Hola", dijo Helga. Esas toallas deben ser para mí.

"Yo... ummm... sí... supongo que lo son".

Helga sonrió, "Entra. Te daré una propina".

"¿Eso está permitido? Quiero decir, ¿te importa?"

"Yo te invité, ¿no?"

"Correcto."

Angie entró en la habitación del hotel y colocó las toallas en una mesa cercana. Mientras tanto, Helga buscó algo de dinero en su bolso.

"¿Trabajas aquí?" Helga preguntó. "No estás vestida con un uniforme de hotel".

"No soy oficialmente un empleado. Mi papá es dueño del lugar. Crecí ayudando con pequeñas tareas o trabajo de escritorio".

"Eso tiene sentido. Me preguntaba por qué una chica tan bonita como tú estaba parada en el fondo todo el día".

Angie se sonrojó, "No soy tan bonita. Al menos no en comparación contigo".

"No seas tan dura contigo misma. Creo que eres muy atractiva".

Helga le entregó a Angie un billete nuevo de $20 dólares, que Angie trató de rechazar, pero la actriz insistió.

"Gracias por el cumplido y la propina", dijo Angie, aceptando el dinero en efectivo.

"Dime, ¿qué hace una chica linda como tú trabajando en el hotel de su padre?"

"Bueno, recientemente me gradué de la universidad. Estoy buscando trabajo, pero mientras tanto me quedo aquí y ayudo a mi papá".

Helga asintió. "Encantador. Los padres son muy importantes".

"Tan cierto."

"¿Y vives en este edificio como tu padre?"

"Sí. Alojamiento gratis".

"Cada vez mejor. Este lugar es precioso. Eres una damita afortunada".

"Gracias", Angie sonrió.

"¿Qué es divertido hacer aquí? ¿Te quedas sentada todo el día?"

"Usualmente uso Internet o escucho música. También soy una ávida espectadora de televisión y películas. Me gusta ver, ya sabes, cosas típicas para chicas de mi edad".

Helga levantó una ceja. "¿Algo que involucre a cierta celebridad que está justo frente a ti?"

"Soy una gran admiradora tuya", dijo Angie. "Lo siento, le prometí a mi papá que no mencionaría esto, pero es la verdad".

"¿Lo es?"

"Sí. Lamento sonar como una fangirl. Sé que no quieres que te molesten".

"Está bien", sonrió la actriz. "No me importa conversar con mis fanáticos incondicionales. Especialmente cuando son lindos como tú".

Angie se sonrojó de nuevo. "Gracias. Si necesita algo más, hágamelo saber. Literalmente haría cualquier cosa por usted. Esto es como un sueño hecho realidad para mí".

Esta vez, la mirada en los ojos de Helga se agudizó cuando miró a la joven e inocente Angie.

"Cualquier cosa, ¿eh?"

"Sí."

"Sabes, tenemos un equipo de filmación eficiente aquí. Pero siempre podríamos usar manos adicionales. ¿Estás interesada en algo así?"

Los ojos de Angie se agrandaron. "¿En serio?"

"Sí, en serio."

"Suena como una buena oferta, pero literalmente no tengo experiencia con este tipo de cosas. No quiero arruinar tu película con mi torpe presencia".

"Tonterías. Vuelve a mi habitación mañana a las 8 a.m.. Resolveremos algo. Puede que tenga algunas ideas para ti".

Había firmeza en la voz de la actriz. 'No' no era una opción. Lo que la actriz quería, lo conseguía. Ella quería a Angie. Y se hizo.

CAPÍTULO V

Esa noche. Angie le había explicado todo a su padre. Se mostró escéptico al principio, preguntándose si Angie había estado molestando a la actriz. Pero ella insistió en que no lo había hecho.

Mientras se acostaba en la cama esa noche, todo lo que Angie podía pensar era en su ídolo. Fue un sueño hecho realidad. Ni en sus sueños más salvajes podría haber imaginado estar tan cerca de una celebridad famosa.

Pensó en la próxima reunión con Helga y lo que implicaría. ¿Ayudando a hacer una película real? De ningún modo. ¿Podría ser? Guau.

Todo el asunto la puso ansiosa. Deseaba poder confiarles a sus amigos toda la situación, pero eso iba contra las reglas.

Todo lo que podía hacer era esperar y ver qué tenía Helga en mente.

CAPÍTULO VI

A la mañana siguiente. Angie se despertó temprano y arregló su apariencia. Llevaba un poco de maquillaje y se recogía el pelo en una cola de caballo. No quería parecer demasiado formal, pero tampoco quería parecer demasiado informal.

A las 7:55 am, esperó en el quinto piso hasta que llegó la hora y luego llamó a la puerta.

Helga estaba recién bañada, vestía una fina bata de seda, tenía el cabello recién secado y su rostro estaba sin maquillar.

"Estoy tan contenta de que lo hayas logrado", sonrió la actriz. "Adelante."

Angie entró nerviosa en la habitación de su ídolo. Tenía mariposas en el estómago. Trató de actuar casual. En su fantasía más salvaje, secretamente esperaba hacerse amiga de la actriz.

"Sabes, he estado pensando mucho en ti", dijo la actriz. "Creo que eres una persona trabajadora y dedicada. Y me gusta tu actitud. Es divertido estar cerca de las personas extravagantes".

"Eso significa mucho. Siempre hago mi mejor esfuerzo".

"Lo digo en serio", afirmó Helga. "Tienes un toque personal en todo lo que haces. Me haces sentir como si fuera un VIP".

Angie sonrió, "Gracias de nuevo. Además, es fácil de hacer, ya que literalmente eres una persona muy importante".

"¿Has pensado en mi oferta?"

"Definitivamente. Me encantaría ayudar de cualquier manera posible".

Helga pensó por un momento. "¿Por qué no te sientas frente al espejo del tocador? Déjame mirarte bien. Luego lo discutiremos".

Era una oferta firme y Angie estaba eufórica (aunque hizo todo lo posible por ocultar sus emociones). Se sentó frente al tocador y se miró al espejo. Helga se paró detrás de ella y se miraron juntas en el espejo.

Helga pasó las manos por el cabello de la chica y desató la cola de caballo.

"Tienes muchas cualidades atractivas", señaló Helga. "Cabello liso. Piel suave. Delicados rasgos faciales. Y también me gusta tu personalidad".

Angie se sonrojó, "Eres dulce".

"¿Qué hace una chica linda como tú atrapada en un hotel todo el día? ¿No tienes una cita?"

"No en este momento."

"Pero tu padre te permite traer novios, ¿verdad?" Helga preguntó.

"Claro, a él no le importa. Pero ha pasado un tiempo desde que hice eso".

Helga continuó acariciando el cabello de la chica. "¿Oh? ¿Y eso qué significa? Estoy segura de que no tienes problemas para encontrar novios. Así que debe haber otra razón".

"Es complicado. Supongo que todavía estoy resolviendo las cosas".

Angie vio a la actriz sonriendo mientras ambas se miraban en el espejo del tocador. Era una sonrisa astuta que encajaba con el hermoso rostro de Helga.

"Sé exactamente cómo te sientes a esta edad", dijo la actriz.

"¿Tú crees?"

Helga tomó un cepillo para el cabello y comenzó a cepillar el cabello de la chica.

"Claro. Soy un ser humano, como todos los demás. Y, para decirlo sin rodeos, muchas mujeres cuestionan su sexualidad en algún momento. No es nada de lo que avergonzarse".

Angie asintió lentamente. "Es tan extraño escucharte decir esto. Es fácil olvidar que las celebridades son como todos los demás".

La actriz se inclinó y acercó sus labios al oído de la chica.

"Nuestro secreto", susurró Helga.

Angie sonrió mientras ambas se miraban en el espejo. "Nuestro secreto."

"Hablando de secretos", dijo Helga, poniéndose de pie para cepillar el cabello de la chica de nuevo. "Hablemos de mi película. ¿Qué sabes de ella?"

"No mucho. Solo que es una película de terror y el equipo de filmación agregó un montón de muebles viejos para que este lugar se vea viejo y rústico".

"¿Es esto emocionante para ti?"

"Oh, sí", reconoció Angie. "Me encantan las películas".

"¿Alguna vez has visto El Resplandor?"

"Dios, sí. La escena de 'todo trabajo, nada de juego' es una de las mejores escenas de la historia del cine, en mi humilde opinión. En general, es una verdadera obra maestra".

"Me alegro de que pienses eso", respondió Helga con un tono divertido. "Porque estamos haciendo algo similar a eso".

"Suena increíble. No tengo ninguna duda de que será genial".

"Tendría que estar de acuerdo. Le Moreau quiere hacer algo similar a El Resplandor y la película de Drácula de Coppola. Así que es básicamente una película de terror psicológico con un fuerte trasfondo sexual".

Angie asintió. "Solo puedo reiterar que esto suena totalmente increíble. Siempre he sido un admirador del trabajo de Le Moreau".

La actriz dejó el cepillo y apoyó las manos sobre los hombros de la chica. Se miraron juntas en el espejo y miraron sus reflejos.

"Podrías ser mi asistente personal durante las próximas semanas. Se te asignarían deberes especiales para mejorar mi desempeño actoral para este papel".

"Estoy sin palabras", respondió Angie, casi con lágrimas en los ojos. "Si de verdad quieres que sea tu asistente, me encantaría hacerlo. Eres la mejor".

"Haré cualquier cosa por alguien, si ese alguien hace algo por mí. También compensaré financieramente tu tiempo".

Angie se levantó y le dio un abrazo a su ídolo. Fue un abrazo largo y tierno.

CAPÍTULO VII

Se le pidió a Angie que firmara un acuerdo de confidencialidad. Fue sencillo y requería que Angie mantuviera todo confidencial con respecto a sus interacciones con Helga.

Ella no tuvo problemas para firmarlo.

Durante el resto del día, Angie vio cómo Helga filmaba algunas escenas. El proceso fue fascinante. Tomó mucho tiempo instalar las cámaras de cine y la iluminación. Cada escena de actuación tuvo que hacerse varias veces para garantizar que fuera perfecta.

El padre de Angie no estaba cerca. Estaba demasiado ocupado dirigiendo el hotel. Además, no estaba muy interesado en el proceso de filmación.

Pero para Angie, fue una experiencia fascinante.

CAPÍTULO VIII

A la mañana siguiente. La reunión privada fue fijada para las 6:30 am en el 3er piso del hotel. Era la habitación donde se filmaba parte de la película.

Cuando llegó Angie, la puerta estaba ligeramente abierta y Helga había estado esperando.

"Bienvenida a nuestra película", sonrió Helga. "Por favor cierra la puerta."

Angie entró y cerró la puerta. Miró a su alrededor y se maravilló de cómo se había transformado la habitación.

Las dos mujeres intercambiaron cortesías para la mañana. Fue corto y simple, y todavía había una ligera timidez por parte de Angie.

"¿Has disfrutado viendo el proceso de creación de películas?" Helga preguntó.

"Ha sido alucinante. Realmente disfruto viendo la filmación. Y creo que tus habilidades de actuación son asombrosas. Ha sido un verdadero placer verlos".

"Bueno, creo que finalmente es hora de que cumplas con tus deberes como mi asistente".

Los ojos de Angie se iluminaron. "¿Algo en particular en mente?"

"Sí. Esta es una película de terror con vibraciones muy eróticas. Como sabes, me tomo la actuación muy en serio. Me gusta meterme en el personaje antes de que comience la filmación, de esa manera, estoy mucho más preparada. Especialmente para las escenas realmente importantes".

"Eso tiene mucho sentido".

"En unas pocas horas, estaremos filmando algunas cosas importantes. Mi personaje ve imágenes eróticas en sus sueños. Es la primera vez que mi personaje experimenta esto, por lo que la escena deberá verse fuerte y creíble".

"¿Cómo puedo ayudar?" preguntó Angie.

"Necesito que me ayudes a ponerme de humor. Nada gráfico. Pero quiero que poses para mí. Desnuda".

"¿Desnuda?"

Helga asintió. "En la escena que filmaremos pronto, mi personaje está en un estado de sueño y se encuentra con un espíritu en forma de mujer desnuda. Da miedo, pero es erótico".

"No entiendo. Quiero decir, ¿es realmente necesario que me desnude?"

"Bueno, así es como me preparo para las grandes escenas de actuación", dijo Helga. "Me gusta ensayar un poco y resolver las cosas".

Angie estaba confundida y estupefacta. Su expresión facial estuvo en blanco por un momento mientras trataba de ordenar sus pensamientos.

"Yo... umm... esto es tan raro."

La actriz negó con la cabeza. "Por favor, siéntate en la cama. No quiero que te sientas rara. Quiero que te sientas cómoda y relajada".

Ambas mujeres se sentaron juntas en la cama. Se miraron a los ojos y estaban casi cara a cara.

"¿Puedo contarte una historia rápida?" Helga preguntó.

"Sí, por supuesto. Cualquier cosa".

"Mi camino a la fama no fue fácil. Y seguir siendo famosa es aún más difícil. Cuando era una joven estrella, lo tenía todo. Las oportunidades estaban en todas partes. La gente me adoraba. Yo era lo más importante en la televisión".

Angie escuchó atentamente mientras su ídolo recordaba.

La actriz continuó: "Cuando finalmente terminó el programa, estaba en una encrucijada en mi carrera. En ese momento, ya había cumplido 19 años. Era conocida por ser la chica de secundaria en la televisión y, de repente, era demasiado mayor para interpretar esos papeles. Ya no recibía las mismas ofertas. Tenía miedo de que mi carrera en el entretenimiento ya estuviera llegando a su fin".

Hubo una tensión emocional entre ellas cuando Helga desnudó su alma.

La actriz continuó: "Pero estaba decidida a tener éxito. Contraté a un nuevo gerente y le ordené que me encontrara papeles para adultos. Quería mostrarle al mundo que era una fuerza. Quería hacer dramas para mostrar mi talento como actriz, como artista. Llamé a directores y productores numerosas veces. Me preparé a fondo para cada audición".

Angie se quedó pendiente de cada palabra que hablaba su ídolo.

La actriz continuó: "Lo que quiero decir es que hice todo lo necesario para tener éxito. Luché por los mejores papeles. Cuando conseguí un papel en una buena película, actué como si me fuera la vida. Y los resultados hablan por sí solos. Soy actualmente una de las actrices más populares del mundo, sin importar el rango de edad".

"Esa es una historia tan inspiradora", respondió Angie, con lágrimas en los ojos. "Eres una inspiración para las mujeres de todo el mundo. Eres tan talentosa y asombrosa".

"Esa es la ética de trabajo que necesitas si quieres tener éxito".

Angie tragó saliva. "¿Todavía quieres que yo... ya sabes..."

"No te estoy obligando a hacer nada. Sin embargo, necesito un asistente dedicado. Si no estás preparada para la tarea, siempre puedo encontrar a alguien más. Sin resentimientos".

Angie respiró hondo. "Lo haré. Lo que sea que necesites como apoyo".

"Entonces levántate y quítate la parte superior".

Con una respiración profunda, Angie se puso de pie y miró a su ídolo, que todavía estaba sentada en la cama, esperando, observándola. Angie se quitó la blusa y se quedó con el sostén y los pantalones.

"¿Todo mi top?" Angie preguntó con un tono tímido.

"¿Hay algún problema?"

"No."

Se estiró hacia atrás para desabrochar su sostén, dejándolo caer al suelo. Fue difícil poner las manos a los lados, pero se las arregló para hacerlo. Siempre se había sentido insegura acerca de sus pequeños pechos. Eran diminutos con pezones puntiagudos y rosados. Sus pezones se pusieron rígidos por la exposición.

"Creo que tus tetas son adorables", señaló Helga. "No te pongas nerviosa".

"Gracias."

Ahora el resto.

"¿Todo?" preguntó Angie.

Helga levantó la ceja de nuevo. "A menos, por supuesto, que no quieras?"

Con una respiración aún más profunda, Angie se inclinó para quitarse los zapatos y los calcetines. Luego sus pantalones. Finalmente, sus bragas. Hacía tiempo que no le recortaban el vello púbico, lo que le daba un poco de vergüenza.

Angie estaba completamente desnuda de pies a cabeza. Se sintió humillada por estar desnuda frente a su ídolo, sin embargo, sintió que estaba sirviendo a un propósito importante.

"Muy bonita", dijo Helga, mirando a la chica. "Tienes un aspecto peculiar que encuentro atractivo".

"Gracias. Ojalá pudiera ser sexy como tú".

"Bueno, podrías intentarlo. Muéstrame algo".

"¿Cómo qué?"

"Cualquier cosa", respondió Helga. "Recuerda, mi personaje en la película está en un estado de sueño. Y ve una visión de un hermoso espíritu desnudo. Entonces, recrea algo así para mí".

Angie se congeló por un momento. Luego balanceó sus caderas desnudas en un movimiento sensual, que debió parecer tonto, pensó. Sin embargo, hizo que Helga sonriera.

"¿Le gusta esto?" preguntó Angie.

"Eso servirá. Date la vuelta. Muéstrame tu trasero".

Angie se dio la vuelta y mostró su trasero desnudo a la actriz. Luego continuó balanceando sus caderas de nuevo.

"Lindo culo", señaló Helga. "Buenos movimientos también".

"Tomé clases de danza del vientre con un amigo, pero eso fue hace unos años. Estoy un poco oxidada".

"Puedo decirlo", reconoció Helga. "Ahora, de acuerdo con el guión, veo el espíritu en mis sueños, luego la sigo por el pasillo, luego bajo las escaleras hasta el piso de abajo".

Había una seriedad en la voz de la actriz, como si esperara que algo sucediera. De repente, Angie volvió a sentirse muy consciente de su desnudez.

"Quieres decir... quieres que yo..."

Helga asintió. "Los ensayos son muy importantes para mí. ¿No quieres que haga un buen trabajo para esta película?"

"Por supuesto que sí."

"Sal al pasillo. Luego baja las escaleras. Te seguiré de cerca".

"¿Es eso legal?" Angie preguntó mansamente.

"¿No has prestado atención a nada de lo que he dicho? El éxito se trata de trabajo duro y dedicación. Soy una celebridad internacional debido a mi ética de trabajo. Y espero que mis asistentes muestren el mismo nivel de dedicación".

Había una seriedad en la actriz que no se podía negar. Era un lado dominante que nunca se había mostrado al público. Atrás quedó la imagen pública familiar de Helga. Atrás quedó su comportamiento de chica buena. Fue un vistazo de la verdadera Helga.

Y Angie se sintió impotente.

"La gente no suele estar despierta a esta hora. Pero podemos arreglárnoslas".

Helga sonrió, "Esa es la actitud que me gusta escuchar".

Con manos temblorosas, Angie se volvió hacia la puerta. Se volvió mucho más consciente de su propia desnudez. Helga se levantó y abrió la puerta de la habitación. Había una mirada traviesa en el rostro de la actriz, asintiendo con aprobación.

Era hora. Angie sabía exactamente lo que había que hacer. Y de ninguna manera iba a decepcionar a su ídolo.

Angie miró hacia el pasillo. Miró a ambos lados para asegurarse de que no había nadie allí. El salón estaba vacío. Angie dio el gran paso y entró en el pasillo con el cuerpo desnudo.

Escuchó la puerta cerrarse detrás de ella mientras caminaba. Helga la siguió. Fue una experiencia angustiosa mientras paseaba desnuda por el pasillo. Su cuerpo estaba rígido y sus puños apretados.

"Estate más relajada", dijo Helga, siguiendo a la chica desnuda. "El personaje del espíritu femenino se mueve lenta y sensualmente. Recuerda, está en un sueño".

Angie respiró hondo y caminó más despacio y con más sensualidad moviendo las caderas a cada paso. Mientras tanto, rezaba para que nadie la viera, especialmente su padre. Fue un momento aterrador. Su corazón latía con fuerza. Pero al mismo tiempo, sus pezones se pusieron rígidos por el poderoso sentimiento exhibicionista.

Finalmente, llegaron al final del pasillo. Gracias a Dios. Pero lo peor no había pasado. Todavía no. Entró en la escalera y sus pies descalzos tocaron el suelo frío. Bajó al segundo piso.

Abrió la puerta del segundo piso después de echar un vistazo rápido. El pasillo del segundo piso estaba vacío. Gracias a Dios, de nuevo.

Angie entró en el pasillo, sin saber qué tan lejos ir. Simplemente siguió caminando, desnuda, con su ídolo justo detrás de ella. Fue el momento más incómodo e inusual de su vida.

"Entremos al spa", dijo Helga. "Puedes recoger una túnica allí y podemos hablar por un momento".

Después de varios pasos largos y lentos, finalmente llegaron a la pequeña sala de spa en ese piso. Angie abrió la puerta y ambas entraron. Ella respiró aliviada de que su caminata desnuda finalmente había terminado.

"Has sido de gran ayuda para mi preparación", dijo Helga. "Gracias."

"De nada", respondió Angie con voz temblorosa.

Angie alcanzó una toalla para cubrir su desnudez, pero Helga puso su mano con fuerza sobre la toalla, sujetándola a la mesa. Estaban cara a cara.

"¿Cómo te sientes?" Helga preguntó.

"No lo sé", Angie se encogió de hombros. "Vulnerable, supongo. Eso fue muy raro".

"¿Te gustó?"

"Fue emocionante, supongo. Mi corazón late como loco".

"Eso es algo bueno. Te hace sentir viva, ¿no?"

Angie asintió. "Supongo. Sí, tienes razón."

Helga se inclinó hacia adelante y besó a la chica desnuda en los labios. Angie no se resistió. ¿Cómo podría resistirse a su ídolo? Fue un beso suave y amistoso.

Entonces Helga se inclinó hacia abajo y tocó los labios de Angie. Se frotó suavemente y la punta de su dedo entró, solo un poco.

"Estás mojada", señaló Helga.

Angie se sonrojó. "Es de esa caminata. Fue tan... No sé cómo describirlo".

"No te molestes. Algunos placeres no se pueden describir".

"¿Qué pasa después?"

"Estás haciendo un trabajo maravilloso como mi nuevo asistente. Pero esta filmación tiene escenas más importantes que filmar. Y necesitaré tu ayuda. Tu entrenamiento continuará mañana. Por ahora, puedes usar la toalla".

Helga soltó la toalla y Angie la agarró y la ató alrededor de su cuerpo. Había otra mirada traviesa en el rostro de Helga. Y Angie se preguntó qué quería decir la actriz con la palabra "entrenamiento".

CAPÍTULO IX

Unas horas más tarde, una modelo llegó al plató ataviada con una bata blanca. Era joven y hermosa. Había símbolos extraños pintados en su rostro para la película. Cuando llegó el momento de comenzar a filmar, la modelo se desvistió y se quedó desnuda sin vergüenza. Su rostro permaneció inexpresivo durante la filmación.

Helga dio una hermosa actuación como actriz. Hicieron algunas tomas hasta que el director quedó satisfecho. Cuando se completó la escena, el equipo aplaudió a Helga y a la modelo desnuda.

Esa noche, Angie se acostó pensando en los eventos del día. Caminar desnuda por el pasillo era lo más extraño e inusual que había hecho en su vida. Pero valió la pena. Su ídolo la había colmado de elogios. Y de una manera extraña, todo se sintió bien.

Angie deslizó una mano por sus bragas y usó dos dedos para frotar su clítoris. Siguió frotando hasta llegar al resultado deseado.

CAPÍTULO X

Temprano en la mañana. En el cuarto piso del hotel, la mujer productora de la película había estado esperando.

La mujer productora de la película era una mujer alta y de aspecto severo, que mantenía una expresión sensata en su rostro. Ella también era una visión de la belleza madura. Su cuerpo era voluptuoso y con curvas en todos los lugares correctos. Se movía con sofisticación y gracia.

Después de llamar a la puerta, la mujer productora abrió para ver a Angie esperando.

"Es un placer conocerte formalmente", dijo en un tono serio.

Angie sonrió, "Igualmente".

Las dos mujeres se dieron la mano y Angie entró en la habitación del hotel.

Intercambiaron una pequeña charla. La mujer productora se deshizo en elogios por el hermoso hotel y el maravilloso personal. Angie estaba agradecida de estar involucrada en la película y explicó que era una gran admiradora del trabajo de la mujer productora.

"¿Helga ha explicado la naturaleza de nuestra reunión privada?" preguntó la mujer productora.

"No, en realidad no. Ella fue un poco vaga al respecto".

La mujer productora asintió. "Como saben, Helga es una actriz muy poco ortodoxa. Tiene un talento increíble y le gusta que las cosas se hagan de una manera particular".

"Me he dado cuenta."

"Estoy segura de que lo has hecho. Helga me contó sobre tu período desnudo ayer por la mañana. Eso fue muy valiente de tu parte".

Angie se sonrojó, "Bueno, funcionó, ¿no?"

"Tienes razón. Helga dio otra excelente actuación y tengo la intención de seguir así".

"Suenas dedicada a este proyecto".

"Lo estoy", dijo con severidad. "Estoy invirtiendo millones de dólares en esta película. Naturalmente, lo mejor para mí es asegurarme de que esta película sea un éxito".

"Tiene mucho sentido", asintió Angie. "Creo que todo el mundo está haciendo un trabajo increíble. Parece que esta película va a ser realmente increíble".

Su rostro permaneció serio. "Vamos al grano, ¿de acuerdo?"

"Okey."

"Probablemente te hayas dado cuenta de que Helga tiene gustos únicos".

"¿Cómo qué?"

Ella agudizó la mirada. "¿Realmente necesitas que te lo explique?"

"Creo que lo entiendo", respondió Angie mansamente.

"Bien. Ahora, Helga necesita tu ayuda para la filmación de hoy. Y me pidió que sea tu instructora. ¿Sabes lo que es un fluffer?"

Angie pareció desconcertada por un momento. "Bueno, ¿la definición en broma de un 'fluffer' es una persona que trabaja en un set porno y mantiene a la gente cachonda entre tomas? ¿Ese tipo de fluffer?"

"Estarías en lo correcto," dijo ella, con su rostro todavía serio. "Y eso es para lo que te necesitaremos hoy".

"Creo que no entiendo".

"Helga necesita un fluffer. Tengo entendido que estás preparada para la tarea".

Angie se congeló. "¿Un fluffer? ¿Para una película de terror?"

"Para esta película en particular, sí. Hay una serie de escenas eróticas o de desnudos y Helga ha solicitado la ayuda de un fluffer. Es decir, te quiere para el trabajo. Obviamente, te pagarán por tus deberes".

Fue un punto de inflexión para Angie. Sus responsabilidades pronto incluirían ser una fanfarrona para su ídolo. Ella pensó rápidamente. El tiempo era esencial cuando la mujer productora la miró con una expresión aguda.

"Lo haré", dijo Angie con firmeza.

"¿Y estás segura de esto?"

"Sí, lo estoy. Espero que lo sea. Nunca había hecho este tipo de cosas antes. Y con Helga- wow. Todo esto es tan nuevo para mí".

El productor asintió. "Muy bien. Si decides retirarte, siempre podemos encontrar otro fluffer".

"Gracias. Espero que no llegue a eso".

"Ahora, con respecto a tus responsabilidades, Helga me ha dicho que eres relativamente inexperta con mujeres, ¿correcto?"

"Eso es correcto."

"Pero también estás en el lado curioso, ¿correcto?"

"Sí, eso es cierto", respondió Angie con un poco de vergüenza.

"¿Cuál es tu nivel de experiencia con las mujeres?"

"Principalmente besándonos con una excompañera de cuarto de la universidad. Y nos gustaba tocarnos los senos. Eso es todo".

"¿Así que no tienes ninguna experiencia con la vagina de otra mujer?" preguntó la mujer productora sin rodeos.

"No. Sólo la mía".

"Es una habilidad bastante fácil de aprender. Especialmente con alguien con tendencias bisexuales como tú".

Angie se sonrojó, "Es una forma extraña de decirlo. Pero estoy abierta a aprender".

"Bien. Ahora, arrodíllate, jovencita. Te voy a dar un breve curso de fluffing".

"¿Ahora?"

"¿Debería encontrar otro fluffer para Helga?"

"No, no, no. Lo haré".

Angie se arrodilló y la escultural mujer productora de cine se paró frente a ella. Era una posición intimidante. Sobre todo porque la mujer productora era tan autoritaria con un rostro tan severo.

La mujer productora le desabrochó la falda y dejó al descubierto su vagina desnuda por completo. Estaba bien afeitada. Sus labios eran gruesos y de color marrón oscuro. Dentro había una humedad reluciente.

Angie nunca antes había visto el coño de otra mujer tan de cerca y la vista la excitó al instante. Ella estaba asombrada por el coño desnudo.

"Mira bien", dijo la mujer productora, señalando su propia área. "Clítoris, labios, apertura. Es así de simple. Helga disfruta sobre todo de la estimulación del clítoris".

"Yo también."

"Bien. Sabrás exactamente qué hacer. ¿Por qué no le das un toque al mío? Estaré feliz de darte mi opinión".

Angie se acercó y tocó el clítoris con la punta de su dedo índice. Ella lo acarició suavemente, casi intimidada por tocar a otra mujer. Especialmente una mujer tan severa como era esta mujer productora.

"Eso es", dijo la mujer productora. "Un poco más fuerte. Un poco más rápido. No le tengas miedo. No muerde".

Angie presionó más fuerte y lo frotó con un movimiento circular.

La mujer productora agregó: "Tienes un talento excelente. Ahora, tu lengua".

"¿Quieres que lo lama?" preguntó Angie, casi con una sensación de emoción.

"Por favor, hazlo. Es lo que le gusta a Helga. Es mi trabajo velar por sus mejores intereses. Ahora, comienza".

Angie sacó la lengua y lamió el clítoris con la punta de la lengua. Ella miró hacia arriba a la mujer productora todo el tiempo. Mientras la punta de su lengua estaba sobre el clítoris, notó que la mujer productora finalmente cambió las expresiones faciales y mostró signos de placer. Angie sabía que estaba haciendo algo bien.

Entonces Angie movió su lengua alrededor del clítoris, haciendo que la severa mujer productora jadeara.

"Excelente. Dios mío. Helga estará muy complacida más tarde".

"Me alegro", dijo Angie, mientras quitaba la lengua brevemente.

Como una chica buena, Angie volvió a poner su lengua en el clítoris.

"Dios mío. ¿Me harías un favor y continuarías hasta que termine? Te instruiré. Agregaré una bonificación a tu pago final. ¿Está bien?"

"Mmm mmm".

Angie pasó la lengua por el clítoris, luego presionó toda su boca sobre el coño, lo que provocó que la mujer productora se quedara sin aliento.

CAPÍTULO XI

Más tarde esa mañana. La filmación estaba programada para comenzar nuevamente en el tercer piso. La sala estaba llena de gente mientras el equipo de filmación instalaba las luces y la cámara.

Helga llevaba un camisón. Era el atuendo que necesitaba para esa escena. La actriz dedicó unos momentos a hablar con el director sobre el rodaje. Cuando terminaron, la actriz le guiñó un ojo a Angie.

"¿La mujer productora te ha enseñado todo lo que necesitas saber?" Helga preguntó.

"Todo y mas."

"¿Estás nerviosa?"

"Definitivamente", admitió Angie. "Quiero decir, ¿todos van a verme hacer el fluffing? ¿O podemos hacerlo en otra habitación?"

"¿Importa?"

"Es un poco humillante para mí, ¿no crees?"

Helga mostró su característica sonrisa traviesa. Era casi como si la actriz estuviera disfrutando de la humillación que sintió Angie. Y ella no hizo ningún intento por ocultarlo.

"Desafortunadamente, tiene que ser en esta habitación", dijo la actriz. "Estaré acostada en la cama. La cámara estará enfocada en mi rostro. La idea es que tendré un sueño travieso de ese espíritu desnudo. Para transmitir adecuadamente esas emociones, necesitaré que me ablanden."

Angie asintió. "¿Así que quieres que te ablande, en esta habitación llena de gente, mientras la cámara está rodando?"

Helga asintió de vuelta. "Exactamente."

"Está bien. Dios mío. Wow. Eso es un poco vergonzoso".

"No te avergüences. Estás en un plató de cine profesional. Piensa en cuántas escenas de desnudos ha filmado este equipo. Créeme, son muchas".

"Ese es un pensamiento reconfortante. Pero aun así, ya sabes..."

Helga pensó por un momento. "Puedes esconderte debajo de mi manta. Se supone que debo estar durmiendo en la cama de todos modos".

"Gracias. Eso suena factible".

"Solo métete debajo de la manta y caliéntame hasta que el director diga que cortes. Hazlo lo mejor que puedas".

"Entendido", dijo Angie con una leve sensación de entusiasmo.

"¿Estás emocionada por esto?"

"Es interesante", dijo Angie en un tono más pasivo.

"Sé honesta conmigo, Angie. Siempre he sido extremadamente honesta contigo".

Angie se encogió de hombros y sonrió irónicamente. "Honestamente puedo decir que estoy emocionada. Disfruto la experiencia de estar en el set de una película. Tú también eres realmente hermosa".

"¿Estás atraída por mí?"

Angie se sonrojó. "¿Quién no lo está?"

El director vino y le dijo al equipo que se preparara. El rodaje estaba a punto de comenzar. Dio instrucciones finales a todos y le dijo a Helga que se acostara.

Pero antes de que Helga se acostara para la escena, acercó brevemente su boca al oído de Angie.

"Estoy tan contenta de que esto esté sucediendo", susurró Helga. "He querido que me comas el coño desde el día que nos conocimos".

Poniéndose en su lugar, la actriz guiñó un ojo y sonrió mientras se acostaba en la cama. Se cubrió el pecho con la manta y fingió estar dormida.

Angie estaba desconcertada. En el buen sentido. Fue un comentario sorprendente de su ídolo. Y solo la motivó más. Mientras el director preparaba el escenario, Angie se deslizó debajo de la manta y solo pudo cubrir la mitad superior de su cuerpo.

"¡Ay acción!" gritó el director.

Debajo de la manta estaba oscuro. Angie tuvo que abrirse camino a tientas. El tiempo era esencial ya que la cámara estaba filmando. Trató de ser lo más tranquila y sutil posible. Pasó las manos por las piernas de Helga. Ella empujó el camisón hacia arriba. Y ahí estaba. El coño expuesto de su ídolo. Helga. La mujer a la que adoraba.

Sus manos tocaron el coño desnudo de Helga en la oscuridad de la manta. Estaba bien afeitado. Probablemente encerado. Sintió todo y tocó los labios de Helga. Era suave y delgado. Probó un poco y sintió que Helga estaba mojada.

Angie inclinó la cabeza hacia adelante y plantó besos en el coño.

"Un poco más de acción, por favor", dijo el director, como si no estuviera impresionado. "Necesito expresiones faciales, o esta escena parece una mierda total".

Esa fue una señal para que Angie se pusiera a trabajar. Sin juegos previos. Al menos no en ese momento actual. Maldición, pensó. Angie quería el juego previo.

Sin embargo, se sintió honrada de tener una oportunidad tan especial. Presionó su boca sobre el coño de Helga e inmediatamente sintió que las piernas de la actriz se contraían (muy levemente). Lo que sea que estaba haciendo, funcionó. Angie apretó la boca con fuerza contra los labios. Su lengua lamió arriba y abajo. Arriba y abajo. Ella lamió los labios y el interior. De vez en cuando, movía la lengua sobre el clítoris. Sabía a cielo. Era solo la segunda vez que Angie probaba el coño y, para su suerte, era el coño de una superestrella de Hollywood.

Las piernas de la actriz temblaron un poco. Lo que sea que Angie hizo con su boca, funcionó. Y sabía delicioso.

"¡Annn corten!" gritó el director.

Una sensación de decepción se apoderó de Angie. Quería probar más. Sobre todo, quería hacer que su ídolo se corriera.

Para su gran sorpresa, Helga arrojó la manta. Todo el equipo de filmación vio a Angie con la boca llena de coño. Angie miró desconcertada y rápidamente movió la boca.

"La escena está lista", sonrió Helga.

Angie se sentó erguida con fluidos alrededor de sus labios. "Oh... ummm... genial".

"Pero aún no he terminado. Necesito correrme tanto. Ocúpate de eso por mí".

Con los ojos recorriendo la habitación, Angie vio que los divertidos miembros del equipo los observaban, queriendo ver qué sucedería a continuación.

"¿Podemos hacer eso más tarde? Quiero decir, en privado".

Helga se agachó y separó sus labios. "Ahora."

Algunos miembros del equipo de filmación comenzaron a desmantelar las luces y la cámara. Otros estaban parados alrededor. Otros se prepararon para la próxima toma. Angie se sintió increíblemente cohibida con el coño frente a su cara.

"¿Ahora?"

Helga asintió. "Me encanta ser exhibicionista".

Después de una respiración profunda, Angie bajó la cabeza y colocó su boca sobre el coño una vez más. Esta vez, la manta no estaba allí para cubrirlo. Esta vez, fue al aire libre, para que todo el equipo de filmación lo viera.

Cerró los ojos, asustada de que la gente estuviera mirando. ¿Quién no querría ver a la famosa Helga siendo devorada por la nueva asistente?

Era un pensamiento aterrador para Angie. Pero de una manera extraña y exhibicionista, fue emocionante. Sobre todo, estaba feliz de al menos probar el coño mágico de Helga una vez más. Ella lamió su lengua obedientemente. Trazos hacia arriba y hacia abajo. Tal como lo quería la actriz.

"Mírame", dijo Helga.

Angie abrió los ojos para ver el rostro lleno de lujuria de su ídolo. Por el rabillo del ojo, también notó que varios miembros del equipo de filmación miraban. Era humillante, pero excitante.

"Ya casi llego", gimió Helga. "Tan cerca. No te detengas".

Con una nueva intensidad, Angie lamió su lengua aún más fuerte. Su objetivo era complacer a su ídolo. Y estaba dispuesta a hacerlo, incluso frente al equipo de filmación. Casi se alcanzó la meta cuando Helga siguió gimiendo sin vergüenza.

"Empuja tu lengua más adentro", gimió la actriz. "Dios mío..."

Angie continuó lamiendo rápidamente mientras Helga sostenía su cabeza con fuerza, frotándose el cabello en el proceso. La actriz gemía y gemía.

La actriz gimió en voz alta y, de repente, la boca de Angie se llenó de un orgasmo cuando Helga se corrió. Fue un orgasmo caliente y húmedo. Lo suficientemente caliente como para hacer temblar a la famosa actriz.

"Cielos", suspiró Helga. "La mujer productora fue una buena maestra. O tal vez eres natural".

Angie se sentó erguida y se limpió los fluidos de los labios con el dorso de la mano. Miró a su alrededor para ver al equipo regresar al trabajo después de que algunos de ellos hubieran estado observando. Era vergonzoso, pero trató de que no le importara.

"¿Qué puedo decir? Complazco a la gente", se sonrojó Angie.

"Lo sé. Y eso es lo que amo de ti".

La actriz se bajó el vestido para cubrir su recién satisfecho coño. Ella sonrió, se puso de pie y se preparó para la siguiente escena.

CAPÍTULO XII

Más tarde aquella noche. Angie se acostó en la cama recordando los eventos del día. Reprodujo todo en su mente con detalles precisos.

Se imaginó lamiendo el coño de la mujer productora de nuevo. Luego se imaginó dándole a Helga sexo oral completo mientras un equipo de filmación podía mirar.

El día anterior, ella era virgen lesbiana. Pero mientras se acostaba en la cama esa noche, ya tenía experiencia con dos hermosas mujeres. Una de las cuales era su ídolo.

Angie llevó dos dedos a su clítoris y lo frotó. La sensación de saborear el coño de Helga frente a todos fue intensa. Era un poderoso sentimiento de deseo sexual, lujuria y humillación.

Ella frotó y frotó. Mientras continuaba tocándose, se preguntó qué había planeado Helga a continuación. Tenían otra reunión privada programada para la mañana siguiente. Oh, las posibilidades, pensó.

Quería desesperadamente volver a comer el coño de Helga. Si tenía suerte, tal vez Helga le devolviera el favor. Pero eso era mucho esperar, dado el estatus de gran celebridad de Helga. Pero una chica todavía puede soñar, ¿verdad?

Y ese fue el momento en que ella se vino...

CAPÍTULO XIII

Temprano la mañana siguiente. Angie subió al quinto piso para ver a Helga.

La actriz lucía recién salida de la ducha. Su cabello estaba recogido y su rostro maquillado, a pesar de que era temprano. Vestía una túnica de seda y estaba descalza. Intercambiaron pequeñas charlas y cortesías para la mañana. Pero cuando Helga arqueó una de sus cejas, era hora de ir al grano.

"Te va bien como mi nueva asistente", dijo Helga. "Estoy complacida. No muchas mujeres pueden cumplir con las tareas".

"Es halagador de escuchar. Gracias".

"Debería ser yo quien te agradezca. El director me mostró todas las imágenes que hemos filmado hasta ahora y mi actuación se ve genial. Te lo debo todo".

Angie se sonrojó: "No. No puedo atribuirme el mérito de tu talento. Eres increíble en todas las películas en las que has estado".

"Pero en esas películas, a menudo confío en un asistente especial. Especialmente para los papeles eróticos. Ahora, confío en ti".

"Me siento muy honrada. No sé qué más decir".

"Angie, me voy a quitar la bata y quiero tu honesta opinión. ¿Está bien?"

Ella asintió lentamente. "Okey."

La actriz dejó caer su bata para revelar un corsé negro. Dejó su coño expuesto, junto con sus pechos erguidos y sus pequeños pezones marrones. Había una mirada de confianza sensual en su rostro.

Angie se quedó boquiabierta y se quedó sin palabras.

"¿Pues, qué piensas?" Helga preguntó.

"Te ves... realmente sexy. Quiero decir, realmente sexy. ¿Esto es para la sesión de hoy?"

"No. Es estrictamente para ti".

Angie parecía desconcertada. "¿Para mí?"

La actriz abrió un cajón cercano y tomó un consolador con una correa.

"Angie, te voy a joder con esto".

Ella tragó saliva. "¿De verdad?"

"Sí, de verdad. Asumo que no eres virgen".

"No, no lo soy."

"Esto casi se sentirá igual", explicó Helga. "Pero en lugar de una polla, sentirás mi polla, que es este consolador. Creo que te va a gustar".

"Soñaba con lamerte de nuevo".

Helga se rió. "Es por eso que amo a mis fans. Estaré aquí durante las próximas 3 semanas. Créeme, tendrás mucho tiempo para lamer mi coño. Y mi mujer productora también quiere que le laman otra vez. Tienes una boca talentosa". Pero por ahora, quiero follarte".

Observó a su ídolo colocar la correa alrededor de su entrepierna. El consolador apuntaba hacia adelante. Angie tragó saliva. Y se sintió emocionada. Fuera lo que fuera lo que iba a pasar, Angie estaba decidida a disfrutarlo. Su coño se sentía listo. Había una sensación de hormigueo entre sus piernas y sus pezones se endurecieron.

"Haré lo que quieras", dijo Angie. "Estoy aquí para ti."

Helga sonrió, "Sé que lo harás. Ahora desnúdate".

Sin necesidad de más instrucciones, Angie comenzó a quitarse la ropa. Estaba vestida con un traje sencillo. Cada artículo de ropa se quitó y se dejó caer al suelo.

Fue emocionante volver a desnudarse frente a Helga. Fue más fácil porque Helga ya la había visto desnuda. Y esta vez, Angie no tuvo que caminar por el pasillo. Solo permanecerían en la privacidad de la habitación del hotel.

Una vez que Angie estuvo desnuda, se enderezó y permitió que su ídolo la viera bien.

"Camina hacia la ventana", ordenó Helga.

Angie se acercó a la ventana de la habitación del hotel. Las cortinas estaban abiertas. La calle mostró signos de vida cuando la gente comenzó a dirigirse al trabajo para el día.

"Pon tus manos en la pared", dijo Helga. "Inclínate. Pero quédate cerca de la ventana. Tengo la sensación de que eres una exhibicionista secreta".

Clara obedeció. Se inclinó, apoyó las manos en la pared, pero permaneció cerca de la ventana.

Sus piernas estaban abiertas y de repente sintió la lengua de Helga subiendo y bajando por su coño. Era la primera vez que una mujer le lamía el coño. Y era Helga. La Helga. La gran celebridad. ¡Su ídolo en realidad estaba lamiendo su coño!

Fueron varios largos lametones. La lengua de Helga entró en el agujero y se arremolinó. Angie deseó que ese sentimiento pudiera durar para siempre, pero por supuesto, no sería así. Era solo para lubricación natural. Una vez que el coño de Angie estuvo lo suficientemente húmedo (y lo suficientemente caliente), Helga se detuvo.

Entonces Angie sintió que sus labios vaginales se abrían y que la punta del juguete sexual duro se colocaba entre sus labios vaginales.

"Deberías estar feliz por esto", dijo Helga. "Te estoy haciendo una mujer".

Con eso, la actriz empujó y el juguete sexual entró en el coño de Angie. Entró de un solo golpe. De repente, el apretado agujero de Angie estaba siendo estirado por orden de su ídolo.

"Oh, Dios", jadeó Angie. "Oh Dios."

El consolador fue retirado, luego hubo otro empuje. Un empujón más duro.

"Mira afuera. Mantén tus ojos en la calle".

Angie miró por la ventana mientras Helga golpeaba más fuerte y más rápido. Ella lloró por la intensa sensación en su coño. También la abrumaba el sentimiento exhibicionista de ser reclamada frente a una ventana. Ella estaba solo 5 pisos arriba y la famosa Helga la estaba follando.

Ella lloró y lloró.

"Eso es todo", dijo Helga. "Imagínese ser observada por toda esa gente trabajadora. Imagínelos sabiendo que soy su dueño. Sabrían que usted es mi sumisa".

Esas palabras enviaron un escalofrío por la espalda de Angie mientras su coño estaba siendo estirado por el juguete sexual. Los dedos de sus pies se agarraron al suelo y sus manos se apretaron con fuerza contra la pared.

Helga usó una mano para pellizcar el delicado pezón rosado de Angie y otra mano para frotar el dolorido clítoris de Angie.

Fue un éxtasis sexual completo en los sentidos físicos y mentales de Angie. El bueno. Del tipo que induce al orgasmo.

"¡Mi coño!" Clara lloró. "¡Oh Dios! ¡Mi coño! Eso... eso..."

Helga folló más duro. Pellizcó más fuerte el pezón rosado de Angie. Y frotó el clítoris de Angie aún más rápido.

"Déjalo salir, Angie. Déjalo salir. Está bien".

Fue un orgasmo que Angie nunca olvidaría. Una corriente de fluidos corrió por sus piernas y sobre la alfombra. Sus músculos se contrajeron y luchó por permanecer de pie. Su boca se abrió de par en par y su corazón latía rápidamente.

Cuando terminó el orgasmo, Helga dejó de empujar y se retiró.

"Date la vuelta", dijo Helga. "De rodillas."

Angie usó la energía que le quedaba para obedecer. Ella se puso de rodillas.

"Lámeme déjalo limpio", dijo Helga, moviendo las caderas para agitar el juguete sexual. "Has hecho un desastre. Ahora límpialo".

Angie comenzó en la parte superior. Lamió el juguete sexual, chupándolo, saboreando sus propios fluidos vaginales. Luego besó y lamió los muslos de Helga. Luego sus pantorrillas. Luego la parte superior de sus pies.

"Levántate", dijo Helga.

La actriz desató el cinturón y lo tiró.

Cuando ambas mujeres estuvieron cara a cara, Helga acercó a la chica y la besó en los labios. Intercambiaron el sabor de los fluidos orgásmicos de Angie en la boca del otro. Fue un beso de lengua apasionado y enérgico.

Aunque Angie estaba sexualmente agotada, el beso la había devuelto a la vida.

"Eres mi sumisa durante las próximas semanas", dijo Helga. "Lo que yo quiera, lo harás. A cambio, te prometo los mejores orgasmos que jamás tendrás. ¿Está claro?"

Angie asintió y sonrió, "Era tuya desde el primer día que nos conocimos".

Continuaron su abrazo. Sus brazos se envolvieron una alrededor de la otra y continuaron besándose en los labios.

FIN